Wegweisende Bücher für
- spirituelle Lebenshilfe
- spirituelle Wegbegleitung
- Yoga • Meditation • Mystik
- Neues Denken
- Ganzheitliche Gesundheit
- Transpersonale Psychologie
- Edition Spirituelle Romane

aus dem Verlag VIA NOVA

Liebe Freundinnen und Freunde des spirituellen Buches,

als Verleger des Verlags VIA NOVA möchte ich Sie herzlich grüßen. –

Jeder von uns sucht Antworten auf Fragen, die nicht nur das äußere Leben betreffen, sondern auch nach innen weisen. Es sind Fragen, die uns alle bewegen. Wie kann ich gesünder, leistungsfähiger, glücklicher und liebevoller werden und mehr Freude empfinden? Wie vermag ich Angst, Sorge und Stress zu überwinden und in der Liebe zu mir selbst zu finden? Was ist der Sinn meines Lebens? Wer bin ich wirklich im tiefsten Wesen? Wie kann ich mein Herz öffnen und meine Lebensaufgabe erkennen und erfüllen? Wer gibt mir Wegweisung und Weggeleit auf dem Weg nach innen und Hilfe zur Bewältigung des Alltags und zur Lösung der zunehmenden Probleme und Lebensschwierigkeiten? Wie kann ich das Neue, das durchbrechen will, verstehen und als heilende Kraft und fördernde Lebensenergie in mein Leben integrieren? – Antworten auf all diese Fragen finden Sie in den Büchern des Verlags VIA NOVA.

In diesem Prospekt habe ich für Sie, in Themen untergliedert, eine Auswahl wichtiger spiritueller Bücher aus unserem Verlag zusammengestellt.

Ich lade Sie ein, den vorliegenden Prospekt anzuschauen und zu studieren, und ich wünsche Ihnen, dass Sie noch weitere Bücher finden, die Ihnen auf Ihrem Lebensweg beistehen, Ihnen spirituelle Lebenshilfen und Wegweisung vermitteln und Sie Schritte weiterbringen.

Sie können dann direkt beim Verlag VIA NOVA bestellen oder per E-Mail und Internet oder natürlich bei Ihrem Buchhändler. Fordern Sie bitte unseren Gesamtprospekt an.

Herzliche Grüße
Ihr

Prof. Franz Decker

Medizin für die Seele

Lebens- und Seelenkräfte im Alltag mobilisieren

Paperback, 224 Seiten, 32 Grafiken,
ISBN 978-3-86616-115-3
€ 19,60 [D] / € 20,20 [A] / CHF 35,50

Der Autor zeigt Möglichkeiten auf, die unerschöpflichen Kraftquellen der Seele und des Geistes zu wecken und zu entwickeln, um in seelischem Gleichgewicht, mit Freude, Gelassenheit, Mut und Zuversicht das Leben zu gestalten. Das Buch basiert auf den neuesten wissenschaftlichen Erkenntnissen.

Jürg Theiler

Liebe als Erfüllung aller Wünsche

Eine praktische Liebestherapie

Paperback, 256 Seiten,
ISBN 978-3-86616-110-8
€ 18,60 [D] / € 19,20 [A] / CHF 33,90

Der Tiefenpsychologe Jürg Theiler ergründet die psychischen Ursachen für Gelingen und Misslingen von Liebesbeziehungen. Er erklärt, wie die in der Evolution des Lebens entwickelten Gehirnteile in der Psyche des Menschen unterschiedliche Bedürfnisse und Wünsche erzeugen, die einander oft widerstreiten, aber auch der Weiterentwicklung des Lebens dienen und nur durch die Liebe in Einklang gebracht werden können.

Maria Köllner

Was mir meine Tiere schenken

Das Glück der Lamafrau

Paperback, 200 Seiten, 20 Fotos,
ISBN 978-3-86616-111-5
€ 14,95 [D] / € 15,40 [A] / CHF 27,90

Dieses Buch – mit schönen, ansprechenden Fotos der Tierfotografin Angela Kraft – erzählt, wie bereichernd ein Leben mit Tieren sein kann, besonders für die Menschen, die sich durch die Komplexität und Hektik der modernen, Welt gestresst und überfordert fühlen. Es ist eine Einladung an dem Glück teilzuhaben, das Tiere schenken.

Martin Woznica

Arbeit ... ist mehr als Geldverdienen

Chancen für inneres Wachstum und Selbstverwirklichung

Paperback, 216 Seiten,
ISBN 978-3-86616-114-6
€ 18,60 [D] / € 19,20 [A] / CHF 33,90

Der Autor fordert in seinem Buch auf, Arbeit neu zu definieren und völlig andere Wege zu wagen. Das Bild, das Woznica entwirft, ist keine lästige oder monotone Maloche, mit der wir uns dann eine angenehme Freizeit ermöglichen. Sie dient in zunehmendem Maße der Entfaltung unserer Talente und der Entwicklung der Persönlichkeit.

Werner Plate/Helene Etminan

Der Tod als Durchgang zu neuem Leben

Sichtweisen der verschiedenen Religionen
Das Totenbuch des Westens

Paperback, 144 Seiten,
ISBN 978-3-86616-113-9
€ 15,90 [D] / € 16,40 [A] / CHF 29,00

In diesem Buch wird das Geschehen nach dem Tod aus der Sicht der großen Religionen untersucht, und es werden die Erfahrungen erläutert, die die Seele einer verstorbenen Person auf ihrem Weg in die geistige Welt macht. Darüber hinaus werden geistige Hilfen angeboten, den Sterbeprozess zu begleiten.

Kurt Tepperwein/Felix Aeschbacher

Den Augenblick erfüllen

Ein Praxisbuch für energetische Wort-Meditationen

Hardcover, Geschenkbuch mit Leseband, 144 Seiten,
ISBN 978-3-86616-112-2
€ 12,95 [D] / € 13,40 [A] / CHF 24,00

K. Tepperwein und F. Aeschbacher sind Meister energetisch wirksamer Wort-Affirmationen. In diesem Buch legen sie eine Praxissammlung von Wort-Meditationen für die wichtigsten Bereiche des Lebens vor: Selbstliebe, Wohlstand und Reichtum, tägliche Lebensfreude und Achtsamkeit, Gesund- und Vital-Sein.

Gela Weigelt

Quantensprünge des menschlichen Bewusstseins

Vom Ego zum Ich-bin

Paperback, 184 Seiten, 5 Zeichnungen,
ISBN 978-3-86616-101-6
€ 15,90 [D] / € 16,40 [A] / CHF 29,00

In diesem Buch werden neben Ergebnissen aus der Hirnforschung Erkenntnisse der Quantenphysik vorgestellt, die die uralte Frage nach dem Ego des Menschen um neuzeitliche Aspekte und Einsichten bereichern. Der Quantensprung des menschlichen Bewusstseins ist Übergang zu einer höheren Bewusstseinsstufe.

Peter Reiter

Die Kunst der Lebensfreude

Ein praktischer Weg zu mehr Lebensglück und Erfüllung

Hardcover, 264 Seiten,
ISBN 978-3-936486-19-3
€ 21,80 [D] / € 22,50 [A] / CHF 38,30

Der Verfasser macht dem Leser bewusst, dass Lebensfreude und Erfüllung bereits in jedem liegen, wie die mystische Philosophie und auch die großen Religionslehrer verkünden. Der Zustand der Freude ist kein Fernziel, kein Endzustand weniger Erleuchteter, sondern kann von allen Menschen hier und jetzt erfahren werden.

Jill Möbius

Das Geheimnis der richtigen Schwingung

2. Auflage

Anleitung für ein wunder-volles Leben

Hardcover, 232 Seiten,
ISBN 978-3-86616-000-2
€ 19,90 [D] / € 20,50 [A] / CHF 34,90

Alles, so die Autorin, ist eine Frage von Schwingung und Resonanz. Auf fundierte und leicht verständliche Weise vermittelt dieses Buch, wie es wirkungsvoll gelingt, die Realität im Voraus so zu programmieren, dass sich Wünsche erfüllen und sogar Wunder möglich werden.

Prof. Manfred Stöhr

Reifejahre

Lebensfreude und Sinnfindung

Paperback, 224 Seiten, 25 Fotos, ISBN 978-3-86616-076-7
€ 19,80 [D] / € 20,40 [A] / CHF 34,80

Dieses Buch gibt vor allem älteren Menschen umfangreiche Informationen zu ihrer Lebenswirklichkeit. Der Autor zeigt vielfältige Möglichkeiten sinnvoller Betätigung und Beispiele geglückten Altwerdens auf, aber auch Gefahren, die das Alter belasten. Das Buch regt die Leser an, ihre Neigungen, Fähigkeiten und Möglichkeiten zu erproben und zu nutzen, auch gegen heutige Modetrends nach ihrem Gewissen zu leben, ihre Lebensziele zu verwirklichen.

Britta Zangen

Wenn Eltern auseinandergehen

Wie den Kindern Chancen und Zukunft eröffnen

Paperback, 160 Seiten, ISBN 978-3-86616-097-2
€ 14,90 [D] / € 15,40 [A] / CHF 27,90

Das Buch erörtert zunächst, ob die geplante Trennung der richtige Schritt ist oder ob die Krise nicht als Chance für eine Veränderung innerhalb der bestehenden Familie gesehen werden kann. Dann macht die Autorin pragmatische Vorschläge, wie die Trennung mit der größtmöglichen Rücksicht auf die Kinder gestaltet werden kann, was auch im Interesse aller beteiligten Erwachsenen liegt.

Martin R. Mayer

Effektiv und mit Leichtigkeit lernen

Eine praktische Anleitung für erfolgreiches Lernen

Paperback, 208 Seiten, ISBN 978-3-86616-032-3
€ 18,60 [D] / € 19,20 [A] / CHF 32,80

Dieses Buch ist für alle, die effektiv und mit Spaß lernen wollen, für Schüler der Oberstufe, Studenten, Azubis und Handwerker, eigentlich für alle Menschen von Nutzen. Es ist so geschrieben, dass jeder ab 17 Jahren es verstehen sollte. Eltern und Lehrer finden Anregungen, wie sie ihre Kinder und Schüler beim Lernen unterstützen können.

Willigis Jäger

Suche nach dem Sinn des Lebens

Bewußtseinswandel auf dem Weg nach innen

Paperback, 272 Seiten, **Award Price (USA)**
ISBN 978-3-928632-03-4
€ 17,50 [D] / € 18,00 [A] / CHF 31,10

8. Auflage

Der Zenmeister Willigis Jäger (Roshi) gibt Antworten auf die Urfrage des Menschen nach dem Sinn des Lebens. Alle wichtigen Themen des spirituellen Lebens werden in diesem Buch, das in viele Sprachen übersetzt wurde, grundlegend behandelt und in Bezug gesetzt zur christlichen Mystik, zu den großen Traditionen der esoterischen Wege anderer Religionen, zu den Ergebnissen moderner Naturwissenschaft und zu den Erkenntnissen der Transpersonalen Psychologie.

Willigis Jäger

3. Auflage

Wohin unsere Sehnsucht führt

Mystik im 21. Jh. Ansprachen, Predigten, Inspirationen

Paperback, 328 Seiten, ISBN 978-3-936486-21-6
€ 19,80 [D] / € 20,40 [A] / CHF 34,80

Der Autor legt eine Sammlung von Ansprachen, Predigten und inspirativen Texten vor, die um einen einzigen Themenkomplex kreisen: das Göttliche und den Menschen in seinem Verhältnis zum Göttlichen. Er vermittelt den suchenden Menschen unserer Zeit, die sich von den traditionellen Glaubenslehren nicht mehr genügend angesprochen fühlen, tiefere Einsichten von Gott, Religion und Welt.

Willigis Jäger/Keiko Nimura-Eckert (Hrsg.)/
Gerd Aumeier (Fotoillustrationen)

2. Auflage

27 Perlen der Weisheit

Hardcover, 96 Seiten, vierfarb., 13 Farbillustrationen,
ISBN 978-3-936486-44-5
€ 16,50 [D] / € 17,00 [A] / CHF 29,40

Dr. Keiko Nimura-Eckert hat Texte aus den Veröffentlichungen ihres Meisters Willigis Jäger mit Liebe und Achtsamkeit ausgesucht. Sie geben Antwort auf die Grundfragen des Lebens, die heute so viele Menschen bewegen. Der Fotodesigner Gerd Aumeier hat spirituelle Inhalte in künstlerischen Fotoillustrationen sichtbar gemacht. Der Bildband ist sowohl in äußerer Form als auch vom Inhalt her als ein anspruchsvolles Geschenk geeignet.

Chuck Spezzano

6. Auflage

50 Wege loszulassen und glücklich zu sein

Wegweiser, Vergangenes loszulassen und glücklich in der Gegenwart zu leben

Hardcover, 168 Seiten, ISBN 978-3-936486-20-9
€ 17,50 [D] / € 18,00 [A] / CHF 31,10

Der Verfasser erklärt, wie alte Muster unser Handeln beeinflussen, und macht deutlich, dass wir nur dann wahrhaftig glücklich sein können, wenn wir die Fähigkeit entwickeln, Vergangenes loszulassen.

Chuck Spezzano

50 Wege, sich mit jedem zu verstehen

Wie Sie das Beste aus allen Beziehungen machen können

Paperback, 192 Seiten, ISBN 978-3-86616-068-2
€ 12,95 [D] / € 13,40 [A] / CHF 23,60

3. Auflage

In diesem Buch geht es nicht nur darum, die Grundgesetze für den richtigen, liebevollen Umgang mit den Mitmenschen zu erlernen, sondern diese Prinzipien als verwandelnde Kraft für eine neue, von Liebe und Verstehen geprägte Lebensweise zu erfahren.

Chuck Spezzano

50 Wege, die wahre Liebe zu finden

Wegweiser zu einer erfüllten Partnerschaft

5. Auflage

Hardcover, 208 Seiten, ISBN 978-3-936486-10-0
€ 17,50 [D] / € 18,00 [A] / CHF 31,10

Dieses Buch richtet sich an diejenigen, die auf der Suche nach ihrem wahren Partner sind, aber auch an all jene, die ihren Partner bereits gefunden haben. Der Autor macht deutlich, dass es nicht damit getan ist, den richtigen Partner zu finden, es bedarf auch des Wunsches, mit diesem zusammen glücklich zu werden.

Chuck Spezzano

Wo Engel gehen auf leisen Sohlen

Wie Sie Beziehungen erfolgreich und harmonisch gestalten können

Hardcover, 304 Seiten, ISBN 978-3-86616-056-9
€ 19,80 [D] / € 20,40 [A] / CHF 34,80

Der Autor zeigt anhand zahlreicher „wahrer Begebenheiten“ aus seinem Leben und praktischer Beispiele aus den unzähligen Seminaren, in welche Beziehungsfallen Menschen tappen und wie sie sich schnell und erfolgreich daraus lösen können.

Chuck Spezzano

Karten der Partnerschaft

Liebe in Partnerschaft und Beziehungen

90 künstl. gestaltete, farbige Karten, mit Begleitbuch,
ISBN 978-3-86616-090-3 € 29,90 [D]/€ 30,80 [A]/CHF 49,90

Die Karten der Partnerschaft mit erklärendem Begleitbuch wollen dazu beitragen, eine Beziehung auch dann lebendig zu erhalten, wenn die Phase der ersten Verliebtheit vorbei ist, und sie wollen dem Paar, das sie befragt, dabei helfen, erfolgreich alle Hindernisse und Klippen zu umschiffen, die jede Beziehung überwinden muss.

Chuck Spezzano

Karten der Erkenntnis

10. Auflage

auf dem Weg nach innen

48 künstl. gestaltete Karten, Buch 144 Seiten
ISBN 978-3-928632-32-4
€ 24,80 [D]/€ 25,50 [A]/CHF 43,50

Die Vergangenheit heilen, um in der Gegenwart Fülle und Glück zu erfahren

Chuck Spezzano

Karten des Lebens

3. Auflage

Lebensgeschichten erkennen und heilen

100 künstl. gestaltete Karten, mit Begleitbuch, 224 Seiten,
ISBN 978-3-86616-028-6 € 29,90 [D]/€ 30,80 [A]/CHF 52,20

Chuck Spezzano

Karten der Liebe

Neuauflage mit neuer Ausstattung!

2. Auflage

84 Kunstdruckkarten mit Buch der Liebe

84 farbige Kunstdruckkarten mit farbigem Begleitbuch
ISBN 978-3-936486-08-7
€ 29,80 [D]/€ 30,70 [A]/CHF 52,10

Beziehungskunst im Alltag

Chuck Spezzano

Wenn es verletzt, ist es keine Liebe

52 Beziehungskarten für jede Woche mit Begleitbüchlein

ISBN 978-3-86616-057-6
€ 17,95 [D] / 18,50 [A] € / CHF 31,80

Matt Galan Abend

Leben heißt Loslassen

3. Auflage

Alles, was wir festhalten, hält auch uns fest

Hardcover, 168 Seiten, ISBN 978-3-86616-024-8
€ 16,90 [D] / € 17,40 [A] / CHF 30,10

Fällt uns das Loslassen bei Dingen noch einigermaßen leicht, so haben wir große Schwierigkeiten mit dem Loslassen gegenüber unseren Kindern, Partnern, Freunden, unseren Vorstellungen, Plänen und Wahrheiten – die Liste lässt sich leicht verlängern. Aber nur wenn wir loslassen, können wir uns dem ständigen Wandel des Lebens anvertrauen, nur dann können wir im Fluss des Lebens sein und bleiben.

Matt Galan Abend

Räum dein Leben auf!

2. Auflage

100 % mehr Lebensfreude

Hardcover, 144 Seiten, 41 z.T. ganzseitige Zeichnungen,
ISBN 978-3-86616-060-6
€ 14,90 [D]/€ 15,40 [A]/CHF 26,80

Wenn wir gründlich Hausputz halten, wenn wir uns aus dem Dickicht unserer Konditionierungen befreien, wenn wir endlich aufräumen und das berühmte „Man“ aus unserem Leben verbannen, wenn wir die Sorge darum verlieren, wie andere über uns denken, wenn wir die Angst überwinden, unseren Partner, unseren Job oder gar unser Geld zu verlieren, wenn wir den Maßstab in uns selbst und nicht im Außen finden, kann dies so etwas wie unsere zweite Geburt sein. Die vielen künstlerischen Zeichnungen unterstützen die eindringlichen Aussagen des Buches.

Matt Galan Abend

Die Angst ist ein seltsamer Vogel

Wie wir Ängste und Blockaden spielerisch überwinden können

Hardcover, 144 Seiten, 10 Fotos, ISBN 978-3-86616-106-1
€ 15,90 [D] / € 16,40 [A] / CHF 29,00

M.G. Abend beschreibt Ursachen und Hindernisse, weshalb die Angst so bedrohlich ist und unüberwindbar scheint. Er lehrt, wie man sich von der Angst trennen und die Identifikationen mit ihr auflösen kann, und er zeigt darüber hinaus einen Weg, wie wir Ängste und Blockaden auch aus unserer unbegrenzten, geistigen Ebene heraus heilen können.

Peter K. Keller

Das kleine Buch der Lebenskunst

Lebensweisheit, die wir in der Schule nicht lernten

Geschenkbuch, Hardcover, 192 Seiten,
ISBN 978-3-86616-096-5
€ 9,95 [D] / € 10,30 [A] / CHF 18,90

Das Buch zeigt in kurzen Reflexionen und Geschichten anschaulich und humorvoll Lebens- und Überlebensstrategien auf. Die einzelnen Denkanstöße, die auch selektiv gelesen werden können, sind Ergebnisse reicher Erfahrung. Zusammenfassungen und Affirmationen prägen sich ein und ermutigen, die Erkenntnisse im Alltag umzusetzen.

Claus Eurich

Wege der Achtsamkeit

Über die Ethik der gewaltfreien Kommunikation

Hardcover, 184 Seiten,
ISBN 978-3-86616-089-7
€ 16,90 [D] / € 17,40 [A] / CHF 30,10

Dieses Buch macht bewusst: Der Mensch ist Kommunikation. Jedes Wort, jede Geste, alles Tun und Nicht-Tun enthält eine Botschaft. In der Weise unseres Kommunizierens mit der Um- und Mitwelt, mit unserer Innenwelt und mit dem göttlichen Bereich erweist sich zugleich die Tiefe unserer ethischen und spirituellen Beheimatung.

Dr. Diethard Stelzl

2. Auflage

Im Einklang mit der universalen Ordnung

Geistige Gesetze und Lebensweisheiten für den Alltag

Hardcover, 332 Seiten, 90 Grafiken,
ISBN 978-3-86616-021-7
€ 24,80 [D] / € 25,50 [A] / CHF 43,50

Dieses Buch des bekannten Bestseller-Autors Dr. Stelzl gibt einen Überblick über Entstehung, Entwicklung und Aufbau der Schöpfung, die Entfaltung der menschlichen Kultur und des menschlichen Bewusstseins sowie aller kosmischen Prinzipien, die nach einem „göttlichen Plan“ das Sein bestimmen.

Nick Williams

Durch Inspiration wird alles leicht

Ein direkter Weg zu Ideenreichtum und Kreativität

Paperback, 160 Seiten,
ISBN 978-3-86616-031-6
€ 14,50 [D] / € 15,00 [A] / CHF 26,20

Der Autor zeigt, dass Inspiration ein Phänomen ist, das ein ständiger Begleiter auf unserem Lebensweg werden kann. Es ist möglich, durch Inspiration erfolgreich zu werden, anstatt durch Opferbereitschaft. Dieses Buch ist für alle, die mehr Inspiration in ihr Leben bringen wollen oder sich bereits von ihrer Inspiration leiten lassen.

Hans Vater

Jetzt als Taschenbuch

Kreative Wunscherfüllung

Die kosmischen und irdischen Gesetze des Wünschens

Taschenbuch, 288 Seiten,
ISBN 978-3-86616-093-4
€ 12,95 [D] / € 13,40 [A] / CHF 24,00

Hans Vaters tiefgründiges Weisheitsbuch analysiert eingehend die Gesetze und Prinzipien, die hinter den einzelnen Wunschtechniken stehen und sie wirksam machen. Diese Gesetze sind die Regeln des kosmischen Schöpfungsspiels. Das Buch zeigt, wie wir durch die Anwendung der mächtigen Seinsgesetze unser Leben gesünder, glücklicher und erfolgreicher gestalten können.

Jürg Theiler

Im Gleichgewicht der Wünsche

Wollen und Sollen in Übereinstimmung bringen

Paperback, 304 Seiten, ISBN 978-3-86616-037-8
€ 19,80 [D] / € 20,40 [A] / CHF 34,80

Um gesund zu sein, müssen Sie bewusst erkennen, welche Wünsche Sie haben und wie Sie alle – nicht die einen auf Kosten der anderen – erfüllen können. Dies erfordert, die Wünsche, die Sie aktiv verfolgen, an jenen auszurichten, die sich Ihnen von innen erschließen – Ihre Wünsche nach Liebe, Schönheit, Kreativität und Heilung. Dieses Buch zeigt Ihnen, wie Sie vom Ungleichgewicht zum Gleichgewicht, von der Zerstörung eines Teils von Ihnen zu Ihrer „In-Dividualität“, Ihrer Ganzheit finden.

Arnold Mindell

2. Auflage

24 Stunden luzid träumen

Techniken, um den nichtdualistischen, träumenden Hintergrund der Alltagsrealität wahrzunehmen

Paperback, 274 S., 52 Graphiken, ISBN 978-3-936486-03-2, € 18,50 [D] / € 19,10 [A] / CHF 32,70

Der innovative Psychotherapeut Arnold Mindell zeigt zum ersten Mal auf, wie man in die Welt des Träumens eintritt, aus der die sichtbare Realitität hervorgeht. Die Praxis des 24 Stunden luziden Träumens hilft bei der Lösung persönlicher, körperlicher oder emotionaler Probleme und von Konflikten in Beziehungen, Familien, Großgruppen, Unternehmen und sogar in der Politik.

Kambiz Poostchi (Hrsg.)

3. Auflage

Goldene Äpfel

Lehrreiche und humorvolle Geschichten, Weisheiten und Aphorismen aus aller Welt

Hardcover, 264 S., 12 Grafiken, ISBN 978-3-936486-51-3 € 22,50 [D] / € 23,20 [A] / CHF 39,50

Wer beruflich gerne mit Lehrgeschichten und spirituellen Texten arbeitet, kann hier gezielt suchen und wird fündig werden. Wer in seinem persönlichen Leben Denkanstöße liebt, wird in „Goldene Äpfel" viele Spiegelbilder des Lebens finden, die zur Quelle geistiger und seelischer Kraft werden können.

Peter Reiter

Dein Seelenhaus

Ein direkter Weg mit der Seele zu sprechen

Hardcover, 200 Seiten, ISBN 978-3-86616-062-0 € 19,80 [D] / € 20,40 [A] / CHF 34,80

Spielerisch die eigene Seele erkunden, Vorzüge und Defizite seiner Persönlichkeit in wenigen Minuten erkennen lernen und dabei auch noch Spaß und Entdeckerfreude haben – geht das? Ja, mit der hier vorgestellten und neu entwickelten Methode von Dr. Peter Reiter ist dies einfach. Nicht nur, dass Sie endlich wissen werden, welche Talente und Fähigkeiten in Ihnen schlummern, Sie erkennen in diesem Bild des Seelenhauses sofort, schnell und sicher Ihre Defizite oder Bereiche, die der Zuwendung, Entwicklung und Heilung bedürfen. Sie verändern mit dem Umbau des Seelenhauses auch Ihre Seelenmuster.

Peter Reiter, **Dein Seelenhaus**, Übungen • Meditationen, 2 CDs
ISBN 978-3-86616-073-6, € 14,95 [D] / € 15,50 [A] / CHF 28,30

Peter Reiter

Geh den Weg der Mystiker

Meister Eckharts Lehren für die spirituelle Praxis im Alltag

Hardcover, 304 Seiten,
ISBN 978-3-936486-37-7
€ 22,90 [D] / € 23,60 [A] / CHF 40,10

Die Kraft und Inspirationen der Lehre Meister Eckharts werden hier so vermittelt, dass sie direkt ins Herz des Lesers fließen. Schritt für Schritt begleitet Peter Reiter den Suchenden an den Ort, wohin der alte Meister schon seine Zuhörer führte: zur unmittelbaren Erfahrung des All-Eins-Seins inmitten der Welt, ins Hier und Jetzt!

Max Lang

Mit Buddha auf dem Pfad der Weisheit

Die Übung des Alltags als spirituelle Aufgabe

Paperback, 208 Seiten,
ISBN 978-3-86616-100-9
€ 18,60 [D] / € 19,20 [A] / CHF 33,90

Zunächst erwartet den Leser eine profunde Darstellung dessen, was wir im Christentum mit Gott bezeichnen, und den Lehren der „Fahrzeuge“ des Buddha. Daraus kann der Autor die Verbindungslinien der beiden Weisheiten bis hin zu einer gemeinsamen Essenz aufzeigen, die zur spirituellen Gestaltung und Bewältigung des Alltags führt.

Willigis Jäger

2. Auflage

Anders von Gott reden

Hardcover, 120 Seiten, 20 farbige Zenbilder,
ISBN 978-3-86616-061-3
€ 14,80 [D] / € 15,30 [A] / CHF 26,60

Der Benediktinermönch und Zen-Meister Willigis Jäger interpretiert in seinem Buch „Anders von Gott reden“ biblische Texte, Ereignisse und Personen in einer neuen, ungewohnten Sichtweise als symbolische Darstellungen einer kosmisch-göttlichen Botschaft, die Evolution des Seins und des Lebens, den Menschen und die Natur als Manifestationen Gottes: Gott ist für ihn das Urprinzip, die Urkraft, die sich in jedem Augenblick ereignet.

René Bütler

Die universelle Botschaft der Mystik

Mystische Wahrheiten aus 4 Jahrtausenden

Taschenbuch Edition „unio mystica", 360 Seiten,
ISBN 978-3-86616-080-4
€ 12,95 [D] / € 13,40 [A] / CHF 23,60

Taoistische, hinduistische, buddhistische, altägyptische, altgriechische, parsische, jüdische, christliche und islamische Weisheitslehrer haben der Menschheit die Botschaft der Mystik überbracht, die auch in den heiligen Schriften aller Hochreligionen zu finden ist. Sie enthält Antworten auf die Fragen nach Ursache, Sinn, Zweck und Ziel des Universums, des Lebens und des persönlichen Daseins. Dieses Taschenbuch ist eine Fundgrube und ein spiritueller Schatz.

Jim Marion

Der Weg zum Christus-Bewusstsein

Eine Landkarte für spirituelles Wachstum in die Tiefe der Seele

Hardcover, 296 Seiten, ISBN 978-3-936486-27-8
€ 21,80 [D] / € 22,50 [A] / CHF 38,30

Gestützt auf das Werk Ken Wilbers zeichnet der Verfasser unter Berücksichtigung der neuesten Erkenntnisse auf dem Gebiet der Psychologie, aber auch des Neuen Testaments und bedeutender christlicher Mystiker eine Karte, die uns Schritt für Schritt zu dem Bewusstsein hinführt, das Jesus als das Reich Gottes bezeichnete.

Andrew Harvey

Der mystische Weg zu Christus

Hardcover, 304 Seiten, ISBN 978-3-928632-91-1
€ 22,50 [D] / € 23,20 [A] / CHF 39,50

Der Verfasser vermittelt einen neuen Zugang zu dem allumfassenden Christusgeheimnis. Er stellt Jesus als den Sohn des Menschen vor: ein Mystiker, dessen Ziel die Initiation aller menschlichen Wesen in die Kraft und die Glorie der ihnen innewohnenden Göttlichkeit, der Sturz aller ungerechten Hierarchien und die Verwandlung der Erde in das Königreich Gottes war. Anleitungen und Übungen aus den frühen mystisch-christlichen und fernöstlichen Traditionen vermitteln lebendige Inspirationen, Christus auf dem inneren Weg zu erfahren.

Klaus Engel

Das Neue Bewusstsein

Entwicklungsmöglichkeiten für alle Menschen

Paperback, 160 Seiten, ISBN 978-3-86616-058-3
€ 16,80 [D] / € 17,30 [A] / CHF 29,90

Das Neue Bewusstsein wird zunächst in einleitenden kurzen Kapiteln in das Gesamtkontinuum der Evolution gestellt: von der kosmischen über die biologische bis zur geistig-seelischen Entwicklung. Für die wesentlichen Vertreter des Neuen Bewusstseins Jean Gebser, Teilhard de Chardin, Sri Aurobindo und Ken Wilber werden die Lebensläufe und zentralen Konzepte herausgearbeitet. Die praktische Realisierung veränderter und erweiterter Bewusstseinserfahrung wird anhand der tiefen Erfahrungen Yoganandas beschrieben.

Barbara Schenkbier

Die Vision vom göttlichen Menschen

Eine spirituelle Weg-Begleitung in das neue Jahrtausend

Paperback, 424 Seiten, 21 ganzseitige Bilder,
ISBN 978-3-928632-68-3
€ 20,00 [D] / € 20,60 [A] / CHF 35,10

2. Auflage

Das Buch ist ein umfassendes Standardwerk, das eine neue Evolutionsstufe im menschlichen Bewusstsein vorbereiten hilft. Alle wichtigen Schritte werden beschrieben, wesentliche Übungen aus einer neuen Sicht heraus dargestellt und die Transformationsstufe zu einem neuen Bewusstsein geschildert. Dem Leser eröffnet sich eine neue Sicht auf den Sinn des Lebens.

Helga Kerschbaum

Kultur des Wohlwollens

Aus der Kraft des Herzens leben

Hardcover, 248 Seiten, ISBN 978-3-936486-45-2
€ 19,80 [D] / € 20,40 [A] / CHF 34,80

Dieses Buch beruht auf einem Wohlwollen, das in der Spiritualität grundgelegt ist und auch als „aktives Mitgefühl“ bezeichnet werden kann. Es beschreibt das kultur- und religionsübergreifende Urmuster des allem zugrunde liegenden Seins. Aus diesem wird eine Ethik, die zu Handlungsweisheit führt, entwickelt. Aus holistischer Weitsicht werden jene Segenswerte formuliert, die zu den fundamentalen Bedürfnissen gelungenen Lebens gehören.

Ervin Laszlo

HOLOS: die Welt der neuen Wissenschaften

Hardcover, 208 Seiten, ISBN 978-3-928632-94-2
€ 19,50 [D] / € 20,10 [A] / CHF 34,30

Auf der Basis neuer wissenschaftlichen Erkenntnisse in Physik, Biologie, Kosmologie und Bewusstseinsforschung hat Prof. Ervin Laszlo neue Antworten auf die Fragen nach dem Ursprung und der Bestimmung des Universums, den Entwicklungsmöglichkeiten des menschlichen Bewusstseins, einem Weiterleben nach dem Tod und nach einem kosmischen und vielleicht sogar göttlichen Bewusstsein gegeben.

Christian Brehmer

Vom Urknall zur Erleuchtung

Die Evolution des Bewusstseins als Ausweg aus der Krise

Hardcover, 280 Seiten, Großformat, 140 vierfarbige Fotos, 130 Grafiken, ISBN 978-3-86616-064-4
€ 38,95 [D] / € 40,10 [A] / CHF 66,80

Die biologisch-menschliche Evolution geht weiter. Sie drängt in die Zukunft in das, was uns bevorsteht: die supramentale Evolution, die Erleuchtung, und mit ihr die Lösung der individuellen und kollektiven Probleme von der Wurzel her. Aber es bleibt nicht bei der Theorie. Im Buch finden wir konkrete Hinweise zur evolutionären Erweiterung des Bewusstseins und zur praktischen Neugestaltung unseres persönlichen und gesellschaftlichen Lebens.

Soleil Lithman

Die Hladina-Methode®

Integration der universellen Lichtenergie mit dem menschlichen Körper

Paperback, 232 Seiten, ISBN 978-3-86616-119-1
€ 18,60 [D] / € 19,20 [A] / CHF 33,90

Der Name der Methode stammt von dem Sanskritwort „Hladini“, was so viel bedeutet wie machtvolle Strömung göttlicher Liebe, die die Kluft zwischen den höheren Bewusstseinsebenen und der menschlichen Natur einschließlich der Zellen des menschlichen Körpers zu überbrücken vermag, und zu Heilungsprozessen führt, sogar vorgeburtliche Prägungen auf Zellebene heilt.

Gary Kraftsow

Kraftquelle Yoga

2. Auflage

Das Praxisbuch des Viniyoga

Paperback, Großformat DIN A4, 360 Seiten,
über 1000 Fotos, ISBN 978-3-86616-027-9
€ 29,90 [D] / € 30,80 [A] / CHF 52,20

Dieses Buch ist in USA in vielen Auflagen erschienen. Im 1. Teil des Buches erläutert der Autor die Grundlagen der Yoga-Praxis anhand einer Reihe praktischer, in sich abgeschlossener Übungsreihen. Der 2. Teil behandelt das große Heilungspotenzial, das der Yoga-Therapie innewohnt. Einzigartig sind auch die exzellenten, über **1000** photographischen Darstellungen und detaillierte Anleitungen zu den einzelnen Āsanas.

Jutta Pinter-Neise

Yoga – Energie ein Leben lang

Übungszyklen und Meditationen des Hatha Yoga

Hardcover, 184 Seiten, 200 farbige Fotos,
ISBN 978-3-86616-098-9
€ 24,90 [D] / € 25,60 [A] / CHF 44,00

In diesem Buch werden 35 Jahre Erfahrung im „Yoga der Energie“ weitergegeben. Die Entwicklung der Achtsamkeit führte die Autorin zu einer immer größeren Einfachheit und Genauigkeit in der Ausführung der Haltungen und Bewegungsabläufe. Die einzelnen Übungen sind so aufeinander abgestimmt, dass jede Übungssequenz eine in sich geschlossene Einheit ergibt, die jeweils mit einer Meditation abschließt.

Edeltraud Rohnfeld

Yoga auf dem Stuhl

2. Auflage

Ein Übungsbuch für Beruf und Alltag

Hardcover, 184 Seiten, über 100 Zeichnungen,
ISBN 978-3-936486-72-8
€ [D] 19,80 [D] / € 20,40 [A] / CHF 34,80

In diesem Buch sind alle Yoga-Übungen so abgewandelt, dass sie im Büro oder zu Hause, unterwegs im Zug oder im Flugzeug, während der Rekonvaleszenz nach schwerer Krankheit oder im Rollstuhl durchgeführt werden können. Mit dieser Form des Yoga ist der Übende flexibel. Der Effekt ist groß, der Schwierigkeitsgrad niedrig.

Anna E. Röcker

Mit Yoga Nidra das Leben meistern

Das Energiepotenzial des Unbewussten erkennen und die Kreativität der Alpha-Ebene nutzen

Hardcover, 192 Seiten, ISBN 978-3-86616-069-9
€ 19,95 [D] / € 20,60 [A] / CHF 35,00

Auf verschiedenen Stufen führt Yoga-Nidra von einer ganzheitlichen, tiefen Entspannung bis hin zur Lösung von alten Mustern und Blockaden sowie Programmierungen aus der Kindheit. Davon frei zu werden eröffnet völlig neue Möglichkeiten, die innere Stimme zu hören, das eigene kreative Potenzial zu entwickeln und für die eigene Lebensgestaltung einzusetzen.

Idris Lahore – Ennea Tess Griffith – Emma Thyloch

Das Geheimnis der ewigen Jugend der Derwische

Einführung in die 7 höheren Arkanas – Ein Praxisbuch

Hardcover, 208 Seiten, über 250 farbige Fotos,
ISBN 978-3-86616-075-0
€ 24,90 [D] / € 25,60 [A] / CHF 43,70

Die „Übungen der Verjüngung“ sind sehr einfach und dennoch außerordentlich belebend. Sie kräftigen den Körper und schenken ihm Gesundheit, Energie, Beweglichkeit und Entspannung. Sie bringen die Psyche ins Gleichgewicht, verlangsamen den Alterungsprozess, erneuern den Geist und lassen ihn klarer und lebendiger werden.

Martin Woznica

Wie werde ich ein richtiger Yogi?

Neue Perspektiven für altes Wissen

Paperback, 272 Seiten, ISBN 978-3-86616-082-8
€ 19,50 [D] / € 20,10 [A] / CHF 34,30

Die Frage, wie wir ein Yogi werden, beantwortet der Autor auf zwei parallelen Ebenen: Er beschreibt die 4 klassischen Yoga-Wege Jnana-, Raja-, Bhakti- und Karma-Yoga und fragt gleichzeitig nach den Grundgedanken und -motiven dieser alten indischen Weisheiten und vergleicht sie mit unterschiedlichen Kulturen und Religionen. Fragen und Möglichkeiten des Yoga und der Meditation verknüpft der Autor mit Erkenntnissen und Weltbild der modernen Wissenschaften, um zu verstehen, wie wir als Person und wie Welt und Kosmos als Ganzes „funktionieren“.

Acharya Keshav Dev

2. Auflage

Die Heilkraft der Mudras

Körperliche Gesundheit, geistiges Wohlbefinden und spirituelle Kraft durch Finger-Yoga

Hardcover, 148 Seiten, 80 Fotos,
ISBN 978-3-936486-78-0
€ 18,40 [D] / € 19,00 [A] / CHF 32,50

In einer einfachen und leicht verständlichen Sprache beschreibt dieses Buch die wichtigsten Fingerhaltungen und erklärt ausführlich, welche erstaunlichen positiven Wirkungen Mudras auf die körperliche Gesundheit, das geistige Wohlbefinden und die spirituelle Tiefe des Übenden haben können.

Geshe Michael Roach/Christie McNally

Die Essenz des Yoga nach Patanjali

Zeitlose Weisheit als Weg zum erfüllen Leben

Paperback, 136 Seiten,
ISBN 978-3-86616-045-3
€ 14,90 [D] / € 15,40 [A] / CHF 26,80

Die vorliegende neue Übersetzung und Erläuterung ermöglicht es Ihnen, das Sutra mühelos auf Ihre eigene Yoga-Praxis anzuwenden. Sie ist präzise und klar und beruht auf mehr als einhundert frühen indischen und tibetischen Manuskripten, die bislang in deutscher Sprache nicht verfügbar waren. Geshe Michael Roach und Christie McNally haben über 25 Jahre in Asien verbracht und während dieser Zeit die in den Sutras enthaltenen Techniken gemeistert und verfeinert.

Carmen Ramirez Schmidt

Das Kinder-Yoga-Mitmach-Buch

Mit Freude und Spaß Bewegung und Entspannung erleben

Paperback, Großformat, 112 Seiten, 80 vierfarbige Fotos,
ISBN 978-3-86616-117-7
€ 19,95 [D] / € 20,60 [A] / CHF 35,90

Dieses Buch ist auf Anregung von Kindern aus Kinderyogakursen entstanden. Die einzelnen Haltungen werden in kurzen, leicht verständlichen Schritten erklärt und in 70 großen, ansprechenden Fotos von Kindern dargestellt. Außerdem enthält das Buch 7 Yoga-Übungssequenzen in Form einer zusammenhängenden Geschichte.

Barbara Schenkbier/Karl W. ter Horst

Heilung und Neugeburt

Aufbruch in eine neue Dimension

Hardcover, 272 Seiten, 30 Fotos und 10 Grafiken,
ISBN 978-3-936486-57-5
€ 19,90 [D] / € 20,50 [A] / CHF 34,90

Die Autoren geben anregende Impulse für den Aufbruch in eine neue Dimension des Lebens, für die spirituelle Neugeburt des Menschen. Diese Impulse sind begleitet von wegweisenden Ratschlägen für die Heilung von Seele, Körper und Geist.

Peter Wild

Meditation hilft heilen

Paperback, 192 Seiten,
ISBN 978-3-936486-58-2
€ 18,60 [D] / € 19,20 [A] / CHF 32,80

Das Buch führt in die unterschiedlichen Ausrichtungen der Meditationen ein: die Meditation als Weg zu den eigenen Ressourcen, die Meditation als Sensibilisierung für die innere heilende Kraft, die Meditation als Umgang mit dieser heilenden Kraft im Dienst der Selbstheilung, die Meditation als Übertragung dieser heilenden Kraft zu anderen Menschen. Peter Wild versteht es, alte spirituelle Heiltraditionen im Licht der modernen Erkenntnisse (Psychotherapie, Neurologie, Traumaforschung) verständlich zu machen.

Arnold Mindell

Quantengeist und Heilung

Auf seine Körpersymptome hören und darauf antworten

Paperback, 296 Seiten,
ISBN 978-3-86616-036-1
€ 19,60 [D] / € 20,20 [A] / CHF 34,50

Quantengeist und Heilung ist Arnold Mindells neues Modell der Medizin, das auf den Erkenntnissen der Quantenphysik beruht. Es stellt einfache Techniken, Übungsanleitungen und präzise Erklärungen wesentlicher Konzepte zur Verfügung, die es jedem ermöglichen, die Wurzeln selbst von chronischen Symptomen und Krankheiten, krankmachenden Mustern freizulegen, zu verstehen und zu beseitigen.

Dr. med. Detlef Grunert

Das große Ayurveda-Kinder-Gesundheitsbuch

bessere Gesundheit, mehr Lebensfreude, höhere Intelligenz

Hardcover, 240 Seiten, 140 Fotos, Großformat
ISBN 978-3-86616-074-3
€ 24,90 [D] / € 25,60 [A] / CHF 43,70

Gesunde Ernährung, Bewegungsförderung und Sport, ganzheitliche Behandlung von Erkrankungen im Kindes- und Jugendalter und wirklich ganzheitliche Prophylaxe sind zentrale Themen des Buches. Ayurveda liefert die Konzepte für eine individuelle Förderung der Kinder. Das Buch ist auch für Laien verständlich geschrieben. Die Ratschläge und Tipps sind tatsächlich umsetzbar.

Dr. Franz Decker

21 Übungseinheiten zur persönlichen Energiegewinnung

Körperliche, emotionale und mentale Energie-Balance finden

Paperback, 144 Seiten, zweifarbig, 94 Grafiken,
ISBN 978-3-936486-62-9
€ 16,80 [D] / € 17,30 [A] / CHF 29,90

Dieses Buch ist ein Auftankbuch und bietet in 21 praxiserprobten Übungseinheiten die Möglichkeiten zur täglichen Energiegewinnung, zur Entspannung, Meditation, Gehirnaktivierung und Vitalität, um so die körperliche, emotionale und mentale Energie-Balance zu erhalten bzw. wiederzugewinnen.

Dr. Madan Kataria

Lachen ohne Grund

2. Auflage

Paperback, 208 Seiten, 45 Fotos, 18 Grafiken,
ISBN 978-3-928632-93-5
€ 22,00 [D] / € 22,70 [A] / CHF 38,60

Dr. Kataria zeigt in diesem Buch, dass Lachen nicht nur gut für unsere Gesundheit ist, sondern dass es auch unsere Einstellungen und unser Leben verändern kann. Auf eindrucksvolle Weise verknüpft der Autor die verschiedenen von ihm selbst entwickelten Formen des Lachens, der Lach-Übungen mit Atem- und Dehnübungen, die ihren Ursprung im Yoga haben. Er zeigt uns, wie wichtig das Lachen für unseren Alltag ist.

Dr. med. Reimar Banis

3. Auflage

Durch Energieheilung zu neuem Leben

Atlas der Psychosomatischen Energetik

Hardcover, Großformat, 408 Seiten, vierfarbig,
ISBN 978-3-936486-15-5
€ 29,80 [D] / € 30,70 [A] / CHF 52,10

Jeder Mensch, der mehr über sich, seinen unbewussten Charakter erfahren möchte, kann von diesem Buch nur profitieren. Der Leser findet Informationen aus allen Kultur-Epochen und spirituellen Disziplinen über die Lebensenergie. Dr. Banis schildert ein neues, einfaches System der Energiemedizin, das er entdeckt hat, um Energieblockaden in kürzester Zeit zu erkennen und zu heilen – die Psychosomatische Energetik.

Dr. Reimar Banis

Spirituelle Energiemedizin

Atlas der psychosomatischen Energetik – Band 2

Hardcover, Großformat, 272 Seiten,
110 farbige Abbildungen und Grafiken,
ISBN 978-3-86616-055-2
€ 29,80 [D] / € 30,70 [A] / CHF 52,10

In diesem Buch wird ein neues, ganzheitliches Weltbild sichtbar, das Psychologie, Spiritualität und Naturwissenschaften vereint. Der Autor sieht die eigentliche Ursache von Krankheiten in ungelösten seelischen Konflikten. Darüber hinaus begreift er sie als eigentliches Grundgerüst des menschlichen Bewusstseins. Den eigenen Charaktertyp zu kennen ist wichtig, um zu einer tieferen Selbsterkenntnis zu kommen und besser mit anderen Menschen umzugehen.

Tina Stümpfig-Rüdisser

Meine Hände helfen und heilen

Jin Shin Jyutsu® – Selbsthilfe für Kinder und Jugendliche

Paperback, 120 Seiten, über 100 vierfarbige Fotos,
ISBN 978-3-86616-116-0
€ 16,90 [D] / € 17,40 [A] / CHF 30,10

Mit diesem Buch, entstanden aus vielen Jin Shin Jyutsu-Selbsthilfekursen, will die Autorin speziell Kindern und Jugendlichen Möglichkeiten aufzeigen, wie sie selbst ihre Lebensenergie wieder ins Gleichgewicht bringen können. Es werden Methoden gezeigt, wie sie bei verschiedenen Krankheiten ihre Selbstheilungskräfte aktivieren oder bei Schulproblemen sich selbst helfen können.

Richard Wilder

Der Traumwanderer

Eddie Kramer und das Buch der Träume

Paperback, 384 Seiten, ISBN 978-3-86616-003-3
€ 19,95 [D] / € 20,60 [A] / CHF 35,00

Der dreizehnjährige Eddie Kramer wird durch eine Kette unglaublicher Ereignisse auf die Suche nach dem seit Jahrtausenden verschollenen Buch der Träume geführt. Das darin enthaltene Wissen soll es jedem Menschen ermöglichen, seine Lebensträume zu Realität werden zu lassen. Nur eine auserwählte Person – Eddie Kramer – kann zu einer bestimmten Zeit das Buch von einem geheimen Ort holen, um es zu den Menschen zu bringen. – Ein spirituelles und abenteuerliches Lesevergnügen für Erwachsene und Jugendliche.

Richard Wilder

Meine wilden Jahre

Memoiren des Engels 002

Taschenbuch, 200 Seiten, ISBN 978-3-86616-035-4
€ 9,95 [D] / € 10,30 [A] / CHF 18,20

Acht Geheimdienst-Engel ziehen aus, um zusammen mit einem erleuchteten Stadtstreicher die Welt zu retten – eine höchst vergnügliche Idee, unterhaltsam, rasant und humorvoll erzählt. Eine Story, die trotz der „Engel auf Erden" ohne „religiöse" Ambitionen, dafür mit viel Pepp, hintergründigem Humor und tiefsinnigen Einsichten daherkommt. Mit einem Feuerwerk origineller Ideen zieht die pfiffige Geschichte den Leser bis zur letzten Seite in ihren Bann.

Robin Rice

Hundert Wege der Hoffnung

Paperback, 296 Seiten, ISBN 978-3-936486-71-1
€ 19,50 [D] / € 20,10 [A] / CHF 34,30

In dieser lebendig und sehr spannend erzählten Geschichte schickt die Autorin ihre Heldin Mary auf eine Reise, während der sie durch visionäre Erfahrungen und mit der Hilfe eines weisen Lehrers das Reich universeller Wahrheiten betritt. Gemeinsam mit Mary entdeckt der Leser, dass es auf dieser Welt weit mehr gibt, als unsere fünf Sinne wahrzunehmen vermögen. Der Roman wurde schon in mehrere Sprachen übersetzt.